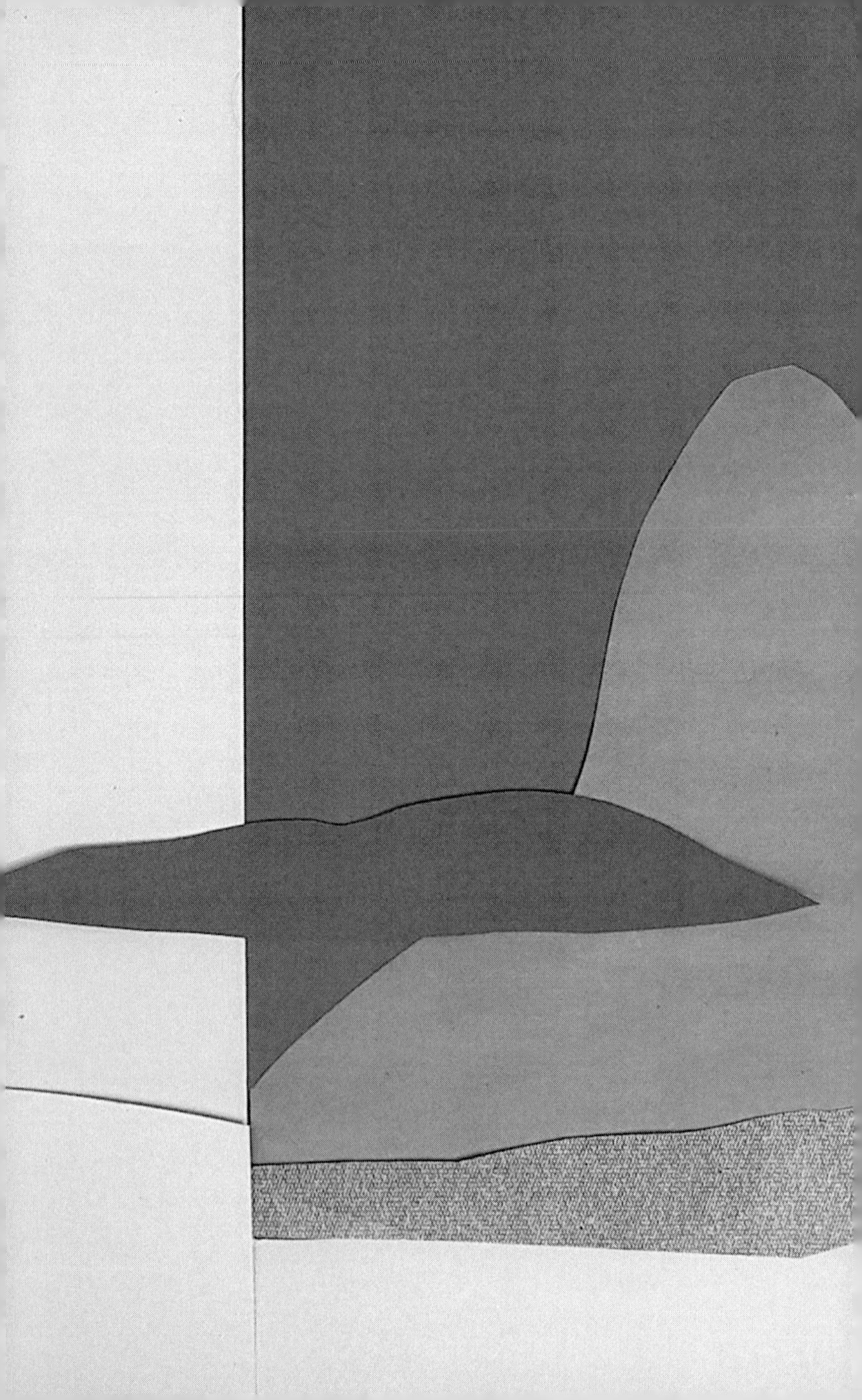

enquanto os gigantes dançam

paulo vicente cruz

Para quem já não está
Para quem ainda está

Para onde foram os pedreiros, na noite em que a Muralha da China ficou pronta?

Bertolt Brecht

pergunta simples ao coração de flaubert

Sabemos que Sra. Aubain era invejada pelos burgueses de Pont L'Évêque por ter à disposição uma criada mais do que dedicada a salário tão baixo — quase meio século de infelicidade remunerada a cem francos por ano. Você nos descreveu em detalhes as desventuras da infeliz empregada, que escolheu chamar Felicité.

Você mencionou os nomes de muitos outros que circularam em torno das desgraças da criada. Dos Larsonnière, por exemplo, todos sabemos que chegaram à cidade logo depois da Revolução de Julho. Deixou-nos saber que o Barão de Larsonnière veio em função de sua nomeação como novo subprefeito do local e que fora cônsul na América. Em sua companhia vieram a mulher e a cunhada com três filhas crescidas. "Eram vistas sobre a relva do jardim, vestidas de blusas flutuantes; possuíam um negro e um papagaio." Você fez questão de nos fazer conhecer o nome do papagaio: Lulu. Contou-nos que Felicité quis o bicho, que remetia, pela origem, a seu sobrinho Victor, morto do outro lado do oceano, nas Américas.

Sabemos da generosidade da Sra. Larsonnière, ao enviar o negro para entregar a Felicité o papagaio Lulu como presente. Sabemos do começo, meio e fim da vida de Felicité. Interessa-nos a história do emissário de seu presente. Portanto, ousamos dizer (não se ofenda): faltou uma história. Faltou um nome. Por quê?

no gás carbônico excessivo das cidades

Monstros não existem. Não estão nos armários nem embaixo das camas. Não estão nos esgotos ou nas camadas subterrâneas do planeta. Não tenha medo dos chifres inexistentes ou dos dentes afiados da encarnação do mal.

Há um vapor bem diluído no gás carbônico excessivo das cidades, no amor demasiado aos cães e escassamente distribuído entre nós. Esconde-se nas brincadeiras infantis, nos arroubos da juventude e na mesquinhez de muitos velhos. Sua presença não altera as condições de temperatura e pressão atmosférica. Os relógios de praça mantêm o perfeito funcionamento, e os jogos de dominó e baralho a valer dinheiro seguem em paz. Motoristas continuam a buzinar e a mostrar o dedo médio para qualquer um que interrompa suas trajetórias. A fome segue perfeitamente ignorada, assim como os hematomas das vizinhas tímidas que cruzam de cabeça baixa as ruas do bairro. Mulheres bem vestidas mantêm inalterado o medo de meninos negros compartilhando a mesma calçada — preservam o hábito de segurar firme as bolsas e apertar o passo. Colegiais seguem assediadas pelos assobios de homens mais velhos. Divisórias de metal nos bancos de praças permanecem intocadas e impedem que corpos se estirem para o sono de intempérie. Tais coisas ocorrem em ordem.

Está alheio a essas constatações o menino choramingando no canto do pátio de recreio. Apanhou pra virar homem, pra não ser bicha, por ser preto. Tem que resolver sozinho. Assim ensinaram. Assim aprendeu. "É coisa de moleques. Brincadeira de meninos cheira a sangue. É normal." Não existem monstros embaixo da cama; só um vapor bem diluído no gás carbônico excessivo das cidades. Há quem não consiga respirá-lo.

café de tacuba

Sabes una cosa
Tengo algo que decirte
Y no se como empezar
A explicar lo que te quiero contar

Manuel Lozano Gallo e Rubén Fuentes

Luiz toca seu trompete segurando com apenas uma das mãos. Na outra está seu celular. Luiz acompanha seus companheiros de grupo na execução de um conhecido repertório de música tradicional mexicana. É assim que complementa o aluguel: música para gringos, duas vezes por semana, no Café de Tacuba.

Rosa não está mais a fim de sair com Luiz. Ela escreve isso assim, à toa, no *whatsapp*. Ele toca seu trompete segurando com apenas uma das mãos. Na outra está seu celular, onde lê a mensagem de Rosa.

Acabou o amor de Rosa. Luiz vai continuar a tocar seu trompete com apenas uma das mãos: duas vezes por semana, para gringos, no Café de Tacuba. Eles não reparam que na outra mão segura um celular, onde lê mensagens. Importa apenas não desafinar. É assim que complementa o aluguel.

amor incondicional

Dez anos e ainda não sabe pegar um ônibus pra ir à escola. Podia ir a pé, mas tem medo de tudo. Não consegue nem atravessar a rua sozinho. Não bastasse isso, também cansa à toa. Eu sempre carrego a mochila de rodinhas. Ele vai falando sem parar durante todo o caminho. Já repetiu dez vezes que nas próximas férias vai ver o Mickey com o pai. Ouço pela terceira vez na semana que a Fernanda Carneiro, da turma 5-B, vai fazer aniversário no sábado e vai ter festa no clube. A voz é fina e desafinada. As palavras saem rápido. Moleque ansioso. Eu rezo pra gente chegar logo. Às vezes quer me dar a mão enquanto a gente anda. Eu tento evitar, mas ele insiste. É carinhoso. Outro dia, desenhou um coração vermelho meio torto e me deu. Não quero um coração vermelho torto. Quero terminar o Ensino Médio. Queria não ter que vestir esse uniforme branco. A mãe dele diz que não vou encontrar coisa melhor por aí. Disse que recebo bem. Que nem poderia pagar, mas se sacrifica. Ela vive dizendo que ama o garoto. Diz que faz tudo por ele... Não posso largar. Mas se não aumentar o salário e pagar a passagem, eu juro que vou parar de sorrir.

na barriga do mundo

O mar é bonito não por sua cor nem pelo movimento de suas águas. Sua beleza tampouco está na praia que o margeia. Ele é belo porque é grande e nos ignora. Seu humor depende das correntes, marés e ventos. É tranquilo ou furioso sem dar por nós. Não cabe em nada nem se mede. Só um tolo não teria medo de algo assim. O rapaz sentado na areia teria pensado nisso se soubesse dar nome ao que sentia e fosse dado a filosofias. De toda forma, o aperto no peito e a estranha atração por aquela monstruosa quantidade de água comprovavam o poder de síntese de uma angústia sem tradução.

Antes do embarque, ao olhar o céu espelhado no mar, não viu maiores significados do que o efeito de um reflexo sem muita metafísica: um sol a pino que o faria suar, o desconforto do convés onde desafiaria as leis da física, lotando o mesmo espaço de embarcação com muitas companhias de viagem, e a esperança invisível a que se agarraria para ignorar todas as possibilidades de perigos e abismos.

Embarcou sem escolher com qual dos pés tocaria pela primeira vez o piso naval. Viajava para buscar a sorte. Não faria sentido crer que o acompanharia, dependendo da perna escolhida para o primeiro passo. Ousava atravessar a grande água justamente pelo fato das coisas não serem tão simples.

Já distante da costa, embora em meio a tanta gente, reconheceu a familiar sensação de desprovimento de norte, sul, leste ou oeste. O ventre da mãe foi sua única terra natal. O resto sempre foi desproteção e abstração organizada em bandeiras e fronteiras. Não entendia com fluência língua alguma, exceto o silêncio. Sempre vagara entre o despertencimento em relação ao lugar onde nascera e as desconexões com os territórios distantes.

O barco afundou em algum ponto da imensidão acima do Trópico de Câncer. O homem habita agora a barriga do mundo, engolido por placenta azul e salgada. Naquele dia, da praia distante, muita gente viu o sol alaranjado e bonito submergir sem aquecer a água fria e límpida. Alguns olhares mais atentos distinguiram algo a acompanhar a descida do círculo de fogo — nada muito nítido. Assim, ofuscado por brilho e beleza, sumiu o barco e quem com ele permanecerá estrangeiro. A guarda costeira segue vigilante a proteger a paisagem.

não em português

O sol é o mesmo, mas incide sob um ângulo diferente a essa hora em algum outro lado do Atlântico. Nesta banda, uma praia carioca está cheia e monocromática. A democracia nesta faixa de areia não é suficiente para perturbar a paz de frequentadores assíduos e turistas de verão. Há quem destoe em meio ao falatório em muitas línguas. Para esses existe a vigilância de policiais em bermudas e armados com cassetetes. Gays são gays livremente onde é permitido sê-lo. Héteros são héteros em toda a parte, mas se incomodam onde não o podem ser em maioria. Brancos são brancos em cangas e cadeiras de armar. Pretos são pretos carregando tonéis de Mate Leão, fardos de biscoito Globo ou qualquer outra coisa que se possa vender. As Ilhas Cagarras observam imparcialmente de longe. Os morros Dois Irmãos seguem imóveis diante da turbulência pacífica e domingueira do balneário. Este é um território de oportunidades. Uma mochila cheia de falsificações chinesas de caixas de som JBL, um mostruário de óculos de sol sem proteção UVB, disposição para caminhadas sobre a areia fofa e sob calor tropical: um kit empreendedor nesta terra de cidadãos e cidadãs livres e iguais. Ele senta-se depois de um dia de poucas vendas e olha curioso a gente a bater palmas para o sol que submerge. Aplaudem como se amanhã o espetáculo não fosse se repetir, como se não houvesse continentes ou horizonte além do poente. Na praia em que agora está, ninguém sabe onde é Kinshasa, onde nasceu, ou Brás de Pina, para onde voltará depois de um dia de poucas vendas. Às vezes tem vontade de chorar, mas não em português.

incontável

No começo tudo é simples. Aprendemos a contar nos dedos e a fazer operações básicas. Aos poucos as coisas vão se tornando o que realmente são, realidades atormentadas encobertas por superfícies tranquilas. Portanto, se há a certeza inicial de que existe uma dezena de números no intervalo entre um e dez, desfaz-se essa convicção diante do fato de que entre dois números existem infinitos outros. O que nos leva à constatação de que existem infinitos de diversos tamanhos e que, mesmo sem fim, eles paradoxalmente têm um limite. O recheio incontável entre um e dez é bastante menor do aquele que preenche o espaço entre um e mil. O universo é repleto de contradições matemáticas. Portanto, passemos à constatação de que o rapaz agora atravessando a rua faz parte do grupo majoritário de pretos e pardos brasileiros que, apesar de constituírem 54% da população, são minoria.

Entre carros, cruzando fora do sinal, não pensa em números ou estatísticas. Apenas corre, desejando chegar ao outro lado, esquecendo riscos e exercendo o direito a sua parcela de imprudência. Ele é como muitos: pouco visível. Classificado como seus iguais: temível. São em menor número os que o temem.

Estão em minoria os que o odeiam. Contudo, ocupam mais espaço ou têm a melhor parte. Por isso, a desenvoltura ousada da travessia imprudente é vista como anomalia nesse bairro tão fartamente ocupado por poucos. Tal fato explica o grito: ladrão!

Esse enunciado acusatório, não importa se verdadeiro ou falso, traz na sequência o tiro e a confirmação de probabilidades marcadas no corpo que o recebe. Um dos 71 entre cada 100 assassinados. Um dos 23 a cada minuto. Mas a bala o atinge sem matemática. O coração deixa de bater sem cálculo. Há uma semente de chumbo plantada nesse peito. Os semeadores são muitos. Não há medida para o silêncio de quem assiste ao cultivo.

um bairro limpo

É um bairro limpo. Ali, mesmo os cachorros são educados. Mijam e cagam em pouca quantidade ao pé de postes de iluminação bem conservados — fezes duras e consistentes para facilitar a coleta de quem as recolhe. Na avenida principal, com calçadas regulares ornamentadas por canteiros geométricos, há muitos prédios comerciais espelhados. As ruas transversais são arborizadas. A gente é educada — muito mais que seus cachorros. Não cospem no chão, usam as lixeiras públicas e frequentam cafés. Na calçada em frente a um desses estabelecimentos, encontra-se um homem sujo.

Dez metros separam a calçada do café e o outro lado da rua, onde está o homem. A distância é suficiente para evitar qualquer interação física ou contaminação por contato; mas não o bastante para evitar incômodos. De fato, a presença ou mesmo a ciência da presença do sujeito gera desconforto entre os frequentadores do local. A sensação é aumentada quando o homem sujo abaixa as calças rotas, com calma e método, e defeca. Não são fezes duras e consistentes como as dos cães do bairro, tampouco são despejadas em pequena quantidade ao pé de um poste. Tudo é feito no meio da calçada.

Um segurança atravessa a rua. "Aqui não! Tá maluco?". O homem sujo sorri meigamente, já se levantando e recolocando as calças. "Tá rindo do quê?". O homem sujo continua a sorrir, mesmo com um dedo em riste agora apontado para seu rosto. É um homem sujo dócil, com o rosto à mostra para o tapa que vem na sequência. Um senhor de cabelos brancos deixa o cappuccino na mesa e se aproxima. "Cai fora! Não está vendo que tem criança, um monte de criança e família aqui, porra?". Um sorriso continua a ser a única e silenciosa resposta e só se desfaz depois de uma rasteira do segurança. O senhor de cabelos brancos aventura-se num pontapé. Logo o homem sujo está rodeado de gente e o senhor de cabelos brancos continua a chutar, acompanhado por ajudantes. O segurança está frustrado por não poder fazer o serviço sozinho — o que pode lhe custar o emprego.

O homem sujo agora não sorri. Seus olhos estão fechados e há algum sangue no rosto. As pessoas continuam em volta. O segurança cutuca com o pé para verificar se há alguma reação. É um homem sujo vivo ou morto? Chamarão a polícia. Recolherão o morto ou o vivo. Lavarão a calçada. É um bairro limpo.

no lado que resta

Ontem o mundo acabou. Foi do outro lado da cidade. Havia muitos pobres e, portanto, também havia soldados. Dos cadáveres, são desnecessários os detalhes. Afinal, foi o fim do mundo e é pressuposto que existam corpos e em grande quantidade.

Um homem, em pé em frente à banca de jornal, lê a dinâmica dos fatos em um canto da primeira página do diário de notícias. Comenta com o desconhecido ao lado. "Ontem o mundo acabou." É questionado. "Como aconteceu?" "Houve uma guerra e muitas baixas de todos os lados. Foi aqui." Aponta um mapa. É contestado. "Isso é um mapa impresso numa folha de jornal. Não vejo a guerra." Discutem por alguns minutos sobre a representação dos mapas e sobre a existência das guerras. Despedem-se, desejando bom dia.

Ainda existem jornais e a possibilidade de desconhecidos discutirem sobre a representação dos mapas e sobre a existência das guerras. Essa é a paz próxima. O fim do mundo foi do outro lado da cidade.

a calma permanece (variação sobre o fim do mundo)

A rua está calma. Uma qualidade estranha para se atribuir a um lugar. Talvez porque seja um atributo não do espaço, mas dos elementos e seres que o ocupam. Veem-se os cachorros e seus donos no passeio matinal, as conversas triviais de esquina, zeladores de prédios ocupados na varredura de calçadas, a gente saindo das casas para os afazeres do dia.

Helicópteros e aves desavisadas compõem o céu do bairro desde as cinco da manhã. Há estrondos de morteiros, barulho de rajadas de fuzis e sinais de fumaça vindo de longe. A calma não tem relação necessária com o som. O ritmo nem lento nem apressado em que corre a vida dita o nível de normalidade.

Portanto, tudo tem a ver não apenas com os seres e os elementos no espaço; mas também com a velocidade.

A ordem segue pacata e semicordial nesse perímetro residencial e urbanizado. A fumaça vem de longe, os estrondos de morteiros vêm de longe, o barulho de rajadas de fuzis vem de longe, os helicópteros vão para longe. Essa rua próxima segue em paz. A calma permanece. Não há maior violência.

praça paris

Paris está a 9.000 quilômetros de distância. Seus habitantes desconhecem a existência desse homem sentado em um banco de praça. Ele é a única testemunha de si. Seu fígado e seu tempo vão se corroendo, como a estátua de Almirante Barroso deteriorada por merda de pombos e por falta de manutenção. Não fosse a embriaguez, a loucura e o analfabetismo, saberia que a sua frente está um monumento em homenagem à Batalha do Riachuelo. No entanto, visto assim nessa tarde comum, a celebração a um líder vitorioso de uma carnificina de guerra parece-lhe apenas o que é: um velho barbudo de bronze sobre um pedestal de concreto. O homem ri para o velho esverdeado e imóvel, que há anos acena com seu chapéu militar para ninguém. Essa é a cena repetida diariamente. Dois homens. Um de metal, outro de carne. A execução diária de gestos silenciosos sem retribuição.

Em tardes de sol excessivo, o homem no banco da praça gosta de estar em inércia. Consolado por seu torpor, vê o mundo derretendo lentamente. Parece resignado, como as alamedas invadidas pela grama não aparada, como os arbustos malcuidados que crescem distorcendo as formas antinaturais de suas podas. Nessa hora da praça vazia e inóspita, sente-se dono do lugar. É a hora em que ninguém protege a praça da própria decadência. É a hora em que sua presença não reforça o abandono que repugna aos seres mais asseados que visitam o local. As divisórias nos bancos impedem que se deite. Mas ele sabe resistir na praça que é sua. Deita-se de pernas dobradas. Dorme pelo tempo que o sol e o calor permitem (alguns minutos, portanto).

A cidade segue alheia à praça. A beleza e a decadência espelhadas na metrópole existem em ritmo mais veloz. O homem está sozinho, no lugar um dia planejado, bem cuidado e agora cercado por grades. O homem está em seu degredo. Ele gosta. Entrega-se à deriva sobre o mar aterrado com os restos de um morro que há muito não existe. Está sobre um projeto de Alfredo Agache. Está sobre um arremedo dos jardins de Versalhes. Está na Praça Paris. Ele mijará num canto da praça. Lavará suas roupas e tomará banho nas águas paradas de um lago artificial de chafarizes quebrados. Talvez se afogue. Talvez encontrem seu corpo na praça perdida. Talvez então a cidade, longe à distância de uma grade, tome conhecimento da praça. Mas o homem continuará desconhecido pelos habitantes de São Sebastião do Rio de Janeiro a 50 metros ou pelos residentes de Paris a 9.000 quilômetros.

havia sido músico

Em outro tempo havia sido músico. O que fomos de algum modo permanece. O ouvido absoluto continuou a funcionar. No *front,* distinguia os morteiros disparados em Mi, as granadas detonadas em Dó, as metralhadoras em repetições de Lá.

Os poucos sobreviventes da companhia o chamavam para bater em retirada. Ele ali, petrificado. O projétil o atingiu no momento em que atentava para as dissonâncias da batalha. Depois tudo foi silêncio sem paz.

um homem bom

No topo da montanha vive um homem bom. Desde lá é possível ver a guerra e quem nela mata ou morre. Tem pena dos animais; mas também ojeriza a eles. Na inocência selvagem, comem sem pudor os restos das batalhas.

De onde está, não é possível sentir o cheiro da tragédia. Pode apenas imaginá-lo pela cena em plano geral que vê desde cima, onde vive. Indigna-se com tanta iniquidade. Horroriza-se com tanta violência.

Está convencido de que não é irmão em espécie daqueles que vê de longe saqueando entre destroços. Sabe que se aniquilarão. Lamenta, mas também sente alívio pela distância. Despreza o ouro que disputam. É um homem bom. Esse é seu tesouro. Permanecerá intocável. Uma bondade imaculada. No topo da montanha. Embaixo, todos morrerão. Ele restará. Ele e a bondade que não precisará compartilhar. Ainda assim dormirá intranquilo. E se houver sobreviventes? Está agarrado à sua bondade. É sua e de mais ninguém.

pedras

Tudo começou distante. Portanto, sem motivos para grandes preocupações. Sabemos que a realidade obedece a critérios geográficos. Os fatos ocorrem próximos de nós. As versões sempre acontecem à distância. Portanto, quando as primeiras pedras começaram a cair, muita gente duvidou. As poucas pessoas que inicialmente deram crédito aos rumores vindos de longe avaliaram que a ordem das coisas não seria drasticamente afetada (Não teremos como verificar se as vítimas mortas nos primeiros dias discordavam da análise.).

Os astrônomos gostaram de saber. Os meteorologistas ficaram excitados. Disputas epistemológicas foram travadas para definir a ciência com as melhores condições de avaliar o fenômeno. No início, a ocorrência dos episódios era esporádica e acontecia nas margens da cidade. Logo, os seminários acadêmicos sobre o tema foram realizados sem distúrbios. A comunidade intelectual não questionou a existência dos acontecimentos. Existiam provas empíricas. O método científico cumpria sua função de alternâncias e polimentos de certezas. Havia discordâncias sobre os detalhes e o significado dos eventos. Deveria causar espanto a existência de chuvas de pedras? Quão diferentes eram das chuvas de granizo? A surpresa viria da torrente de sólidos vindos do céu ou da natureza da matéria de que eram compostos? Haveria diferença entre o corpo abatido por uma pedra ordinária em queda livre e outro exterminado por um pedaço letal de gelo?

Houve entretenimento suficiente para meses, nos diversos veículos de imprensa. Especialistas ocuparam muitas páginas de diários e longos minutos de TV. Lideranças religiosas também tiveram seu espaço, fosse para negar os fatos, fosse para identificar os sinais da revelação neles contidos. Analistas sociais e psicanalistas não deixaram de comentar o impacto dos acontecimentos.

As palavras só começaram a faltar quando as pedras passaram a cair com mais frequência e próximas dos bairros centrais. O alfabeto tornou-se insuficiente para compor as narrativas apenas depois que os corpos deformados pelos petardos celestiais ocuparam as ruas asfaltadas e os grandes centros de comércio. Mas o ser humano é uma espécie movida a desafios. Quando já não havia opção de ignorar os fatos e não era possível tratá-los como longínquos acontecimentos pitorescos, os empreendedores mostraram o valor da criatividade. Indústrias de capacetes prosperaram e o mercado imobiliário transferiu suas apostas das coberturas para a compra e venda de bunkers.

As adversidades do novo momento mostraram seu poder de simplificar a vida. O mundo tornou-se facilmente mapeável e a classificação dos seres menos complexa. Tudo foi reduzido aos locais onde ocorriam as chuvas e os lugares onde o evento não chegara. Os indivíduos dividiam-se entre os que podiam se proteger e os que esperavam ter a sorte de escapar. Após o caos se tornar usual, as categorias se sofisticaram. Havia quem possuía capacetes caros. Havia quem possuía capacetes baratos e quem não possuía capacetes.

Quando os relógios começaram a ser regulados pela pontualidade das chuvas diárias e as pedras aumentaram de tamanho, foi constatada uma democratização meteorológica. Pereciam indistintamente cabeças protegidas e crânios expostos ao céu. Os residentes dos bunkers morriam em suas saídas eventuais e necessárias. A tragédia estava posta. O mercado de capacetes entrou em queda. O mercado imobiliário deixou de existir. A cidade acabou. Do outro lado do oceano, alguém assistindo ao telejornal viu o apresentador comentar sobre bizarros acontecimentos em uma cidade além-mar. Logo depois a TV foi desligada. A vida seguiu, ordinária.

gigantes

No tempo em que ainda se contavam histórias e existiam crianças para ouvi-las, havia um velho que se sentava numa praça de brinquedos quebrados e amendoeiras antigas para narrá-las. Na verdade, comentava fatos como se histórias fossem. Não gostava de fadas. Detestava princesas. Nunca tolerara reis, rainhas ou cavaleiros heroicos. Tinha apreço pelas coisas reais e factíveis.

Sempre que possível reunia infantes para contar episódios inadequados aos seus ouvidos e idades: "Um dia um gato pulou a janela. Morreu ao chegar ao chão. Só os tolos acreditam em sete vidas felinas". "Uma mulher religiosa acreditava ser muito saudável e agradecia sempre aos céus por isso. Morreu de um infarto inesperado. Há quem acredite no paraíso, assim como quem tema o inferno. Não há provas materiais sobre a existência de um ou outro. O certo é que a terra ou o crematório consumirão nossa carne." "Todos os dias tomamos o leite matinal. Alguns não o têm diariamente. Tampouco possuem o pão. Salivam e engolem. Não é suficiente para matar a fome."

Era um velho bruto a contar histórias impróprias e a traumatizar almas pequenas.

Naquele tempo não havia antídotos suficientes para verdades, por isso era preciso interrompê-lo. Estava decidido. Matariam o ancião. Disciplinariam a má educação do sujeito por não morrer na idade em que se deve. Mau cidadão que insistia em não se extinguir antes de se tornar um fardo. O velho implorou. Uma história nova que redimisse a verdade de todas as outras. Proposta aceita. Decisão de um tribunal: redenção ou morte.

A praça cheia, ocupada agora por adultos, estava atenta para a ficção a ser narrada: "Havia uma terra habitada por gigantes bondosos e seres minúsculos. Cabia aos gigantes proteger o lugar contra os bichos de sete cabeças que frequentemente ameaçavam aquele território. Guardavam a segurança dos seres menores, mas também cuidavam da própria. Afinal, apesar de gigantescos, tinham suas vulnerabilidades. Todas as vezes que aqueles homens enormes destruíam um monstro, geralmente cortando-lhe as cabeças, dançavam e cantavam para comemorar. Nunca ouviram agradecimentos do povo pequeno.

Ao dançar, sem perceber, os gigantes pisoteavam os homens e mulheres mínimos. Só compreenderam tal relação depois de muito tempo e muitos monstros de cabeças cortadas. Agora entendiam por que as solas de suas sandálias ficavam vermelhas depois da celebração de cada vitória. Passaram a não ter a quem defender, além de si mesmos".

Nas alegações finais, o ancião garantiu ao tribunal tratar-se de uma narrativa inventada. Não houve quem acreditasse em sua defesa. Foi sentenciado à morte. A ação da guilhotina foi celebrada com muito canto e dança. Estava morto o velho que comentava fatos como se histórias fossem.

depois dos fogos de sábado

A casa era pequena. Nossa escassez cabia em cinquenta metros quadrados organizados em tijolos aparentes. Mas ele tinha um quarto só para si. Ele chegava sempre tarde aos fins de semana. Nesses dias não o via entrar. Chegava por trás, pela entrada do quintal, em silêncio. Ele ocupava pouco espaço, apesar de ter um canto da casa exclusivo. Não incomodava. Na verdade, não tínhamos tempo para qualquer incômodo além daqueles aos quais já estávamos acostumados: durante a semana, acordar muito antes do que gostaríamos e dormir muito depois do que desejávamos. As trocas triviais de cumprimentos e resenhas do dia, no tempo possível, e a repetição dos mesmos sacrifícios no dia seguinte. Honestamente, ficaria feliz se ele incomodasse mais, se houvesse tempo e energia de sobra para que importunássemos um ao outro. Mas não havia tempo nem energia. Existia apenas aquele teto, sob o qual dividíamos a intuição de que nos amávamos. Deixávamos os sinais de afeto como representantes de nossa presença para momentos em que não pudéssemos compartilhar a companhia: a mesa de café posta, a janta separada no fogão, os bilhetes com aviso das idas ao baile e da ausência mais prolongada.

Na madrugada de sábado em que os fogos de artifício estouraram por mais tempo e com maior intensidade, soube que ele não voltaria. Soube que o espaço que não ocupava antes em nossa casa seria agora preenchido por ele em cada pedaço de parede e de chão. Não foi uma criança grande. Era um homem pequeno. Só cresceu depois que o colocaram dentro de um porta-malas. Só expandiu quando as testemunhas silenciaram, por medo. Só ocupou todas as ruas da comunidade quando no noticiário inventaram uma troca de tiros. Só se tornou incomensurável depois que meu coração explodiu em mágoa e dor.

Ainda vivi o suficiente para ver os fogos estourarem nos sábados seguintes, ao som dos bailes que seguiram e na companhia dos silêncios que sucederam. Minha vida ainda se esticou ao ponto de olhar o sol bonito levantar outros dias, alheio à miséria. Respirei até constatar que o mundo parara de girar apenas para mim, apesar de saber que pararia de girar para outras como eu. Resisti até meu filho se tornar maior do que eu poderia suportar. O tamanho de sua ausência me engoliu. Mas eu não soube contar e nem o saberia fazer com estas palavras. Alguém as escreve por mim, mas dificilmente expressará com perfeição o que já não poderei dizer.

ibuprofeno

Claramente: o mais prático dos sóis,
o sol de um comprimido de aspirina:
de emprego fácil, portátil e barato,
compacto de sol na lápide sucinta.

João Cabral de Melo Neto

Gostava do vermelho vítreo das cápsulas de ibuprofeno. Há medicamentos com efeitos similares, mas tediosamente opacos e monocromáticos. Uma vez ela leu que as mais importantes equações da física são também as mais bonitas. Embora não soubesse como seria possível haver beleza numa sequência de números e símbolos, agradava-lhe acreditar na história. Portanto, por uma questão lógica, a relação aplicada às explicações do universo necessariamente valia para o funcionamento dos analgésicos. A poesia que lhe era possível: um remédio colorido. No mais, a vida era feita de dores maiores e preocupações mais urgentes.

A falta de um plano de saúde, os aluguéis atrasados, o crédito consignado, o cretino que insistia em acreditar que ainda estavam juntos eram parte do problema. Para isso não havia poesia. Mas existiam dores maiores e preocupações mais urgentes.

Sufocavam as oito horas diárias, os esparsos intervalos de descanso e a hora corrida de almoço. Pesavam as frustrações de clientes despejadas em bile verborrágica ao telefone. Incomodava a lesão no pulso por esforço repetitivo. Mas existiam dores maiores e preocupações mais urgentes.

Angustiava o medo de andar sozinha à noite, as conduções cheias, a distância do trabalho à casa e o tempo perdido diariamente no trajeto de ida e volta. Mas existiam dores maiores e preocupações mais urgentes.

Havia as coisas que não conseguia listar ou dar nome. O aperto no peito, o sono interminável e inexplicável, o desejo de estar só e mandar o mundo à merda. Mas existiam dores maiores e preocupações mais urgentes.

Existia a dor de cabeça, dia sim, dia não, leve e incômoda. Mas havia as lindas cápsulas de ibuprofeno, com as quais faria um colar, se fosse possível. Entretanto, em um dia sim, não fizeram efeito. A dor aumentou até se tornar insuportável. Não havia mais a falta do plano de saúde, os aluguéis atrasados, o cretino que insistia em acreditar que estavam juntos. Não sufocavam mais as oito horas por dia, os esparsos intervalos de descanso e a hora corrida de almoço. Pesavam menos as frustações dos clientes despejadas em bile verborrágica ao telefone. Não incomodava a lesão por esforço repetitivo no pulso. Já não causava angústia andar sozinha à noite, tampouco angustiavam as conduções cheias, a distância do trabalho à casa e o tempo perdido diariamente no trajeto de ida e volta. O aperto no peito, o sono interminável e inexplicável, o desejo de estar só e mandar o mundo à merda não mais existiam. Naquele dia sim, prevaleceu a dor de cabeça até que fosse ela a dor maior e a preocupação mais urgente, sem vermelho vítreo ou poesia possível.

leis naturais

As leis da física e as propriedades químicas da matéria são reconfortantemente estáveis. Dominada a ciência de tais coisas, não há surpresas. Existe a temperatura certa para que o corpo seja incinerado. Sabe-se que o resultado da combustão será pó. Não ocupará grandes espaços.

Uma pequena caixa foi o suficiente para o que restou. Jogou sua mãe ao mar. Resistiu uma dúvida a respeito das leis naturais. Serão diluídos nessas águas os grãos da ausência?

modelo de bilhete para quando já não adianta

É a única coisa que ele adianta.
O que não adianta.

MANOEL DE BARROS

Não dissemos muito, quando era possível e fazia sentido. Não diremos mais. Já não é possível. Embora agora faça mais sentido.

O mesmo silêncio agora é feito de outra matéria. Permanece invisível, mas ocupa mais espaço. Isso faz toda a diferença.

Na verdade, poderíamos resumir a questão a isso: um problema de tempo e espaço. Deixemos de lado a velocidade. Não tratamos aqui de física mecânica. A lentidão ou a rapidez são relativas e irrelevantes para essa equação.

O ponto é o seguinte: ditas as coisas no momento preciso, dissolvem-se como mágica grandes massas abstratas e impalpáveis. Perdido esse instante, o resultado é a conquista de território por uma presença etérea que delineia fronteiras. Nunca calculamos esses riscos. Seguimos empiricamente (há outra forma de seguir?), descrentes dos mistérios que nos poderiam ter aproximado. A partir de hoje, só um de nós pode refazer as contas. Já não é tão importante o resultado.

cálculo

Quando ela acabou, foi colocada na terra
Flores nascem, borboletas esvoejam por cima...

Leve, ela não fez pressão sobre a terra
Quanta dor foi preciso para que ficasse tão leve!

Bertolt Brecht

Não houve trombetas ou sinais de fogo. O que veio depois foi uma manhã normal. As embarcações continuaram a cruzar a baía, o trânsito permaneceu intenso, canais de TV e estações de rádio mantiveram a programação inalterada. O fim do mundo é particular e incompartilhável. O dia existe, se estamos nele. Ela está morta.

São poucas as memórias anteriores a sua não-manhã. Tenho registros apenas a partir de seu primeiro inexistente dia.

Escolhi um par de tênis amarelo, uma camisa pólo com listras vermelhas e azuis e uma bermuda, de cuja cor não lembro. Vestido com descombinados tons, vi de longe gente em choro de despedida. Não me aproximei. Não acompanhei o cortejo. Estive o tempo todo próximo à saída, de onde era possível ver o movimento alheio de quem passava pela calçada em frente.

A continuação do movimento de rotação e translação da Terra traduziu-se numa dor fina no meio do peito, até então despercebido. O luto é isso: o dedo a acusar-nos de inadequação e de atraso em relação ao ritmo do que segue. As distâncias que percorremos em marcha instintiva fazem-se lembrar, quando quebramos a perna. Ou melhor, a perna torna-se mais presente quando rompida. Os dias que se seguiram eram como espelhos, nos quais via sempre como pela primeira vez minha própria imagem. Eu existia sem Ela. Para meu assombro, o ar continuou a entrar e sair de meus pulmões, marcando um descompasso entre o desejo vigoroso de persistência do corpo e uma certa inércia da força invisível que o comanda.

No dia seguinte ao dia seguinte, alguém perguntou quando eu gostaria de voltar às aulas. Diante do inesperado poder de escolha que me era conferido, decidi improvisar minhas férias. Uma semana de preguiça, desenhos animados, seriados japoneses e culpa por algum prazer em meio à tristeza da casa.

Passado o tempo daquela licença familiar concedida ao meu ócio triste, já não fui consultado sobre minha vontade. Sugeriram-me retomar os estudos. A essa altura a preguiça já era uma amiga íntima a dar conselhos de procrastinação. Mas eu a traí. Constrangido, voltei à lista de deveres de casa acumulados e às lições de matemática. As tardes passaram a ser ocupadas por exercícios de reposição de matérias perdidas. O universo punia minha incursão no sexto pecado capital com uma pilha de obrigações escolares.

Em cada tarde passada entre contas de operações básicas e lições sobre teoria de conjuntos, constatava que não haveria compensações sobre qualquer perda. O retorno à rotina apresentava-se como um sermão: segue sem o que já não pode levar. Segui, obediente. Permanece comigo a constatação de um cálculo estranho. A Terra é mais pesada sem o corpo dela pisando a superfície.

em cima do céu

Certos questionamentos dificilmente surgem em dias claros. O céu limpo permite a ilusão de que a vista alcança o limite do firmamento e nos faz pensar que acima do azul existe apenas o azul. Era nos dias nublados que lhe ocorria aquela pergunta: o que há em cima do céu? Talvez a indagação fosse a versão infantil de questões metafísicas respondidas sempre com simplicidade pelo avô. Quando ouvia trovoadas, pensava em Deus e em seus santos arrastando móveis, como faziam imaginar as explicações tradicionais e inverossímeis do velho. E foi assim, numa tarde chuvosa, entre reflexões existenciais de infância e respostas jocosas daquele senhor bem-humorado, que aprendeu como se cresce.

À noite, custou a dormir, imaginando que bastaria cair no sono para que fosse transportado à dimensão onde todas as partes do corpo são trocadas por outras semelhantes, porém maiores. O avô havia explicado com detalhes o sistema de substituição de peças que fazia com que as crianças crescessem todas as noites. Embora a pouca criatividade de garoto racional o impedisse de acreditar completamente, a parte de seu ser que valia a pena gostava de crer naquela invenção. Esperava acordar com mudanças milimétricas e imperceptíveis na manhã seguinte, como fora informado que acontecia todos os dias.

Não demorou muito tempo para descartar a hipótese mágica sobre o fenômeno do crescimento. As aulas de ciências, as leituras de enciclopédias e as contestações desencantadas da puberdade tornaram inviável a manutenção da crença em explicações não-científicas do mundo. Quando já adolescente, olhou pela última vez para o avô deitado de olhos fechados e braços cruzados sobre uma mesa. Não soube explicar por que não chorou como todos ao redor. Deduziu que talvez fosse pelo fato de não ter sido a primeira vez que via alguém próximo pela última vez. Não pôde deixar de pensar que o velho morria por falta de peças de reposição. Ficarão em permanente repouso as partes únicas que integravam aquele corpo antigo. Permanecerá viva uma ausência insubstituível, lembrando das invenções de tudo que há em cima do céu.

a dança de nunu

Anolina não tem dentes nem razão. Tem vestidos, lenços, um terço e amigos imaginários, com os quais por vezes discute. A eles também oferece suas gargalhadas. Nunca a vi ofertá-las a mais ninguém. Tem lá seus critérios. Escolhe o que dar e a quem.

A mim oferecia um pedaço do seu tempo. Um presente entregue de forma oblíqua. Minha avó costumava incumbi-la da tarefa de comprar o peixe semanalmente consumido na minha casa. Cumpria a missão a sua maneira: um quarteirão de caminhada até o freguês da feira, uma viagem de ônibus até o ponto final na direção oposta a seu destino e a retomada da jornada, no mesmo transporte, desta vez no sentido correto.

Anunciava-se ao interfone secamente: *É Nunu.* Passava às minhas mãos a entrega embrulhada em papel de jornal e dizia: *Sua avó mandou.* Eu agradecia e se encerrava o contato. Eu recebia. Ela ofertava. Tudo posto como o Universo, sem princípio ou fim. Para mim, era também sem início Tia Nunu. Não se explicava. Sempre esteve.

Quando começou a mascar fumo? Quando aprendeu a suportar porções extraordinárias de pimenta? Quando desistiu da realidade compartilhada para viver a particular? Minha tia-avó não é antiga. É o antigamente. Guardiã dos seus começos e dos de quem veio depois. Mas os revela em doses esporádicas, nos intervalos de alheamentos. É portadora de mistérios impenetráveis por linhas retas.

Já não sai de casa. Não vai à feira. Ocupa-se em misturar o tempo. Os registros que me constituem dormem com ela, no seu pequeno quarto. Anolina guarda para si as histórias mais remotas da família. Adorna as memórias com impossibilidades e transgressões cronológicas.

Alimentou por certo período a esperança de voltar a Salvador, cidade onde nasceu. Desejava encontrar nas ruas os mesmos bondes elétricos, os mesmos prédios e a mesma gente. Tudo inalterado. A cidade não lhe foi gentil e nem sua história foi navegação em mar tranquilo. Mas as origens e as ideias fixas têm seus chamamentos. No entanto, quando descobriu a inexistência de um portal que a levaria à Bahia remota, perdeu o entusiasmo pela possibilidade da viagem.

Por desistência ou cansaço, o passado vai esmaecendo em Nunu. As reminiscências são agora uma voz difusa perdida entre sonho e tormento, delírio e sobriedade. Nos solilóquios de Anolina, tudo é cada vez mais momento presente (mesmo o passado).

Até pouco tempo, quando havia música na casa, a tia dançava. Ao final da última faixa tocada no aparelho de som, costumava perguntar quando os músicos voltariam. Nunca testemunhei tal cena. Assim me contaram. Projeto a imagem. Da mesma forma que os peixes de minha infância, Nunu entrega outro presente de forma enviesada: só importa dançar e saber quando os músicos voltarão.

monte fuji

Dizem que montanhas podem ser removidas, desde que a fé seja forte e suficiente para tal. Talvez o feito seja possível também por outras vias. Ele jamais havia visto o velho rezar. Mas testemunhara muitas de suas façanhas: consumir meia jaca ou uma dúzia de laranjas após o almoço, fazer crescer melões e melancias em miniatura em pequenos vasos domésticos, transportar o Monte Fuji para o subúrbio carioca de Realengo.

Sentado na espaçosa varanda da casa, o homem apontava para o morro que se avistava desde lá e dizia: o Monte Fuji... Contemplava a própria proeza de desafiar a lentidão das formações geológicas e de embaralhar a geografia. O calor típico do verão suburbano, a falta de neve no topo da montanha, o verde excessivo daquele morro e a língua portuguesa dos habitantes do sopé poderiam fazer os mais céticos duvidarem. Mas era justamente a discrepância entre o acidente geográfico e o ambiente que o circundava que fazia do feito algo extraordinário. Era o Fuji-san. Um vulcão gigante transposto do Japão ao Brasil pela a força de um homem.

Não eram frequentes as visitas àquela casa. Mas nas idas eventuais ele sempre foi testemunha do grande número do velho. Em quase todas as ocasiões em que ali esteve, era confirmada em recorrente batismo a transposição da montanha. O velho nunca estivera no Japão. Nunca havia visto o monte e, ainda assim, o trouxera para o bairro.

O avô morreu. O Monte Fuji retornou para o seu país. No seu lugar agora existe um morro verde qualquer. Talvez seja alguma parte do maciço de Gericinó.

uma nação, enfim

O Observatório Europeu do Sul está num deserto no Chile. A Organização Europeia para a Pesquisa Nuclear está na fronteira entre a França e a Suíça. Do Atacama, telescópios enormes apontam para astros gigantes, que ignoram onde fica a Europa ou as terras chilenas. Alheias às bordas franco-suíças, partículas subatômicas correm em círculo a uma velocidade inimaginável num acelerador de partículas. Cientistas de todo o mundo debruçam-se sobre as matérias extraordinariamente grandes ou incrivelmente pequenas. Eles calculam e observam. Há muitas conclusões sobre as quais chegar a respeito das coisas gigantes e também das ínfimas. Nosso trabalho é mais singelo. Somos leigos. Concentramo-nos nas coisas medianas e visíveis a olho nu. Compramos pão diariamente (há quem não o faça), enquanto alguma coisa nos escapa e impede de saber o resultado da soma de nossos dias. Enfim uma identidade, uma nação, uma irmandade.

paulo vicente cruz nasceu no Rio de Janeiro. Formou-se em Jornalismo na Universidade Federal Fluminense. Desde o início de sua vida profissional, dedicou-se a atividades relacionadas à intersecção entre a comunicação, a educação e o terceiro setor. Alguns de seus contos foram publicados em revistas literárias digitais. Participou da edição de 40 anos da publicação *Cadernos Negros*.

Edição e revisão Bruno Zeni
Capa, ilustração e projeto gráfico Sílvia Nastari

Dados Internacionais de Catalogação na Publicação (CIP)
(Laura Emilia da Silva Siqueira CRB 8-8127)
Índices para catálogo sistemático:

Cruz, Paulo Vicente.
Enquanto os gigantes dançam / Paulo Vicente Cruz; capa e ilustrações, Sílvia Nastari. 1ª ed. — São Paulo: Editora Quelônio: 2021. 64 p.; 13x19 cm.

ISBN 978-65-87790-13-8

1.Ficção: Literatura brasileira 2. Literatura brasileira: contos
I. Cruz, Paulo Vicente II. Nastari, Sílvia.

13-20213 CDD 869.93

1. Ficção: Literatura brasileira
2. Literatura brasileira: contos
869.93

1ª reimpressão, setembro de 2021

Editora Quelônio

Rua Venâncio Aires, 1072
Vila Pompeia / São Paulo - SP
CEP 05024-030
www.quelonio.com.br

Este livro foi composto nas fontes Aachen, de Colin Brignall, e Meridien, de Adrian Frutiger. As ilustrações de capa e miolo são colagens de Sílvia Nastari. O papel da capa é o Cartão LD 250g/m² e o do miolo é o Pólen Bold 90g/m². Impressão digital: psi7. 1ª reimpressão de 200 exemplares. São Paulo, setembro de 2021.